AF302314

Eva Graudenz

Ach Esel!

Äsops Fabeln

leicht erzählt

Inhaltsverzeichnis

Für alle die suchen, für alle die lernen wollen, für alle die etwas erkennen möchten, um weiterzuwachsen.

Dieses Buch ist der hungrigen Seele gewidmet, die bereit ist, nicht nur ihr Umfeld zu erkennen, sondern auch sich selbst.

<u>Vorwort</u>:

Äsop, der antike griechische Geschichtenerzähler und ehemalige Sklave, lebte zwischen 620 und 564 v. Chr. Durch die Beliebtheit seiner Erzählungen gelang es dem Volk, seine Befreiung zu erwirken. Seine Geschichten haben sich bis in die Neuzeit überliefert und wurden immer wieder neu interpretiert.

In den Fabeln von Äsop werden menschliche Schwächen wie Wut, Geiz und Faulheit den tierischen Protagonisten zugeschrieben. Aus diesen kleinen Geschichten werden Weisheiten und Lehren gezogen.

Dieses Buch enthält eine Sammlung von Fabeln, in denen der Esel im Mittelpunkt steht. Diese Geschichten sind in einer leicht verständlichen Sprache verfasst.

Der Esel, ein sensibles und kluges Tier, ist unverdienterweise zu einem Symbol der Dummheit und Faulheit geworden. Die Fabeln von Äsop sind jedoch viel komplexer.

Sie beschreiben nicht nur das Tier selbst, sondern auch seine

Beziehungen zu anderen sowie seine unglücklichen Verhängnisse.

Diese Fabeln bieten uns Einblicke in die menschliche Natur, geben uns

Denkanstöße und erinnern uns daran, dass wir aus kleinen

Geschichten und Beobachtungen viele wichtige Lektionen lernen

können.

Lasst uns also eintauchen in die Welt der Fabeln und von den

Erzählungen über den Esel lernen, um unsere Welt besser zu verstehen

und uns selbst weiterzuentwickeln.

<u>**Der Esel und die heimtückische Ziege**</u>

Es war einmal ein Bauer, der hatte einen Esel und eine Ziege. Der Esel hatte eine furchtbar schwere Arbeit, er musste Tag für Tag schwere Lasten tragen. Aber als Belohnung bekam er besseres und mehr Futter. Die Ziege allerdings war neidisch auf den Esel. Sie wollte entweder sein gutes Essen klauen oder ihm zumindest Ärger machen.

Eines Tages sprach die Ziege den Esel an und sagte: "Hey, mein lieber Kumpel! Ich habe dich schon oft bedauert, dass du den ganzen Tag arbeiten und diese schweren Sachen schleppen musst. Ich habe einen super Plan für dich." Neugierig antwortete der Esel: "Ja, erzähl mal, ich bin gespannt!" Die Ziege sagte: "Also hör zu: Wenn du an eine Grube kommst, dann springe hinein. Tue so, als wärst du verletzt, und dann kannst du dich für eine Weile ausruhen und musst nicht arbeiten." Der Esel fand den Vorschlag super und als er am nächsten Tag wieder eine

Last tragen musste und an einer Grube vorbeikam, folgte er dem Tipp.

Er tat so, als wäre er unabsichtlich hineingefallen.

Aber das Ergebnis war nicht so toll, wie er es erwartet hatte! Er lag

halbtot in der Grube und hatte Glück, dass er sich kein Bein gebrochen

hatte. Er musste schwer verletzt nach Hause geschleppt werden. Der

Bauer handelte schnell und rief einen Tierarzt herbei. Der Tierarzt

verschrieb dem Esel eine Arznei aus zerstoßener und getrockneter

Ziegenlunge als Heilmittel. Da der Bauer den Esel mehr mochte als die

Ziege, ließ er die Ziege sofort schlachten, um dem Esel zu helfen. So

zahlte die Ziege mit ihrem Leben.

Neid ist eine heimtückische Sache: Den Schaden, den du aus diesem

Gefühl bei anderen verursacht, fällt doppelt und dreifach auf dich

zurück.

**Nutze den Neid um eigenen Ehrgeiz zu entwickeln, statt dich zu
vergleichen.**

Das egoistische Pferd und der hilfsbereite Esel

Ein Bauer trieb ein Pferd und einen Esel zum Markt, beide waren gleichmäßig beladen. Sie hatten bereits eine lange Strecke zurückgelegt, als der Esel merkte, dass er erschöpft war. Mit einem kläglichen Blick bat er das Pferd um Hilfe: "Du bist viel größer und stärker als ich, aber du trägst nicht mehr Gewicht als ich. Bitte nimm mir einen Teil meiner Last ab, sonst schaffe ich es nicht mehr." Das Pferd zeigte sich jedoch herzlos und lehnte die Bitte des Esels ab: "Ich habe bereits genug mit meiner eigenen Last zu tun." Der Esel schleppte sich weiter, bis seine Kräfte ihn schließlich verließen und er zusammenbrach. Der Bauer schlug vergeblich auf ihn ein, der Esel war tot. Nun blieb dem Bauern nichts anderes übrig, als die gesamte Last des Esels dem Pferd aufzubürden. Um wenigstens etwas vom Esel zu retten, nahm der Besitzer ihm das Fell ab und legte es zusätzlich auf das Pferd. Das Pferd bereute sein egoistisches Verhalten zu spät. Es klagte:

"Hätte ich dem Esel
nur ein bisschen von seiner
Last abnehmen und ihn
vor dem Tod retten können.
Jetzt muss ich seine gesamte Last
tragen
und dazu auch noch sein
Fell."

Verschließe deine
Augen nicht
vor der Not anderer,
denn diese kann sich auch
auf dein Leben
ausbreiten.

<u>**Der listige Esel**</u>

Ein Geschäftsmann beauftragte seinen Esel damit, schwere Säcke voller Salz von der Küste ins Landesinnere zu tragen. Als der Esel einen Fluss überqueren musste, rutschte er aus und fiel ins Wasser. Doch als er sich aufrichtete, bemerkte er, dass die Last viel leichter geworden war, weil ein Großteil des Salzes weggeschmolzen war. "Aha!" dachte der Esel, "das merke ich mir für die Zukunft!" Als sie das nächste Mal an den Fluss kamen, entschied er sich freiwillig hinein zu springen. Aber leider sollte seine List nicht lange andauern, denn der Geschäftsmann wusste, wie er den Esel überlisten konnte. Er ließ den Esel erneut die Säcke tragen und wieder fiel der Esel in den Fluss. Als er jedoch versuchte, sich wieder aufzurichten, merkte er, dass die Last viel schwerer geworden war. Der Geschäftsmann hatte nämlich anstelle von Salz Schwämme in die Säcke gesteckt, die sich mit Wasser vollgesogen hatten.

Mit großer Anstrengung schleppte sich der Esel ans Ufer und seitdem trug er die Säcke ohne Widerstand.

Vorgetäuschtes Missgeschick undvorgetäuschte Unfähigkeit verursacht nur noch mehr Mühen.

Der Esel im falschen Gewandt

In der Stadt Kyme lebte ein Esel, der sich nach Abenteuer und Aufmerksamkeit sehnte. Eines Tages hatte er eine geniale Idee: Er hüllte sich in eine Löwenhaut und begann, die Rolle des mächtigen Löwen zu spielen. Mit einem lauten Brüllen erschreckte er die ahnungslosen Bewohner von Kyme, die noch nie zuvor einen echten Löwen gesehen hatten. Die Menschen gerieten in Panik und fürchteten um ihr Leben. Doch plötzlich tauchte ein Fremder auf, der ein Experte für Löwen war. Er erkannte sofort den Schwindel und wollte den Esel zur Rede stellen. Ohne zu zögern schnappte er sich ein paar Äste und verprügelte den Esel gründlich. Die Kymäer staunten nicht schlecht, als sie sahen, dass der vermeintliche Löwe in Wirklichkeit nur ein Esel mit einer Verkleidung war.

Von diesem Moment an wurde der Esel zum Gespött der Stadt. Jeder konnte nun sehen, dass er nur ein einfacher Esel war, der sich als Löwe ausgeben wollte. Selbst die Kinder lachten ihn aus und er wurde nicht mehr ernst genommen.

Es ist viel wichtiger und ehrlicher, zu sich selbst zu stehen und sich so zu zeigen, wie man wirklich ist. Nur so kann man wahrhaftige Freunde und Anerkennung finden.

<u>**Der Absturz des einstigen Königs**</u>

Der stolze Löwe, der einst König der Tiere war, lag nun im Sterben und war durch sein hohes Alter geschwächt. In diesem Moment kam der ehrgeizige Eber mit seinen scharfen Hauern und rächte die vergangenen Ungerechtigkeiten, indem er den Löwen angriff. Auch der Stier stieß mit seinen mächtigen Hörnern auf den Feind ein. Als der Esel sah, dass man den Löwen ungestraft schlagen konnte, trat er mit seinen Hufen auf dessen Stirn ein. Im Sterben sagte der Löwe: "Es schmerzt mich sehr, dass ich die Schandtaten mutiger Krieger ertragen musste. Doch von dir, du abscheulicher Fleck der Natur, dies ertragen zu müssen, bedeutet in der Tat, doppelt sterben zu müssen."

Bedenke in deinem Hochmut welche Spuren du bei anderen hinterlässt, du wirst nicht ewig stark sein. Auch die Schwachen und Dummen erinnern sich an deine Taten.

<u>**Der unerwartete Helfer**</u>

Es war einmal ein Esel, der auf einer grünen Wiese weidete und sich

dort leider am Rücken verletzt hatte. Er hatte eine schmerzhafte Wunde,

die ihn quälte. Es steckten viele Dornen in der offenen Verletzung.

Dies bemerkte ein kluger Rabe, der den armen Esel beobachtete und

flog zu ihm hinüber. Er setzte sich auf den Rücken des Esels und

begann mit seinem Schnabel die Dornen aus dem rohen Fleisch der

Wunde zu picken.

Der arme Esel konnte den Schmerz kaum ertragen und versuchte

verzweifelt, den Raben loszuwerden. Doch es gelang ihm einfach nicht.

Nur wenige Schritte entfernt befand sich der Hirte des Esels. Er wusste

um die Verletzung.

Doch statt dem Esel zu helfen, amüsierte sich der Hirte über die lustigen

und witzigen Sprünge und Grimassen,

die der Esel vor Schmerz machte. Er lachte laut und schien seinen Spaß daran zu haben.

Der Rabe, der mittlerweile mit dem Säubern der Wunde fertig war, machte das wütend. Woller Zorn erhob er sich in die Luft und ließ mehrfach sein großes Geschäft auf den Hirten fallen. Nun musste der Esel lachen.

So, wie man jemanden behandelt, so reagiert er auch darauf.

<u>Falscher Ruhm</u>

Ein Löwe und ein Esel schlossen ein Bündnis und gingen gemeinsam auf die Jagd. Eines Tages entdeckten sie zufällig eine Höhle, in der wilde Ziegen lebten. Der Löwe stellte sich am Eingang der Höhle auf um auf Ziegen zu warten, die herauskamen. In der Zwischenzeit betrat der Esel die Höhle und machte so einen Krach, dass die erschreckten Tiere herausliefen. Nachdem der Löwe die meisten Ziegen erbeutet hatte, verließ auch der Esel die Höhle und fragte stolz seinen Gefährten, ob er nicht tapfer gekämpft und die Ziegen geschickt herausgetrieben habe. Doch der Löwe lachte ihn aus und sagte zu ihm: "Ich hätte mich selbst gefürchtet, wenn ich nicht gewusst hätte, dass du ein Esel bist."

Diejenigen, die sich vor Experten rühmen, setzen sich zu Recht dem Spott aus.

<u>**Das Schicksal des Esels**</u>

Der kluge Löwe, der schlaue Fuchs und der treue Esel machten sich gemeinsam auf die Jagd. Sie vereinbarten, dass sie die Beute fair untereinander aufteilen würden. Die Beute war riesig. Der Löwe beauftragte den Esel, die Aufteilung zu übernehmen. Der Esel machte sich große Mühe und teilte gerecht. Anschließend bat er den Löwen, als Erster etwas auszuwählen. Doch der Löwe wurde wütend und zerriss den Esel. Dann übertrug er dem Fuchs die Aufgabe der Aufteilung. Der Fuchs nahm alles zusammen und legte den Esel darauf. Er bat nur um einen kleinen Anteil für seine Mühe.

"Na schön, mein Freund", sagte der Löwe, "sag mir mal, wer hat dir beigebracht so klug zu teilen?"

"Das Schicksal des Esels", antwortete der Fuchs.

Sei aufmerksam und lerne nicht nur aus deinen eigenen Fehlern,

sondern auch aus dem Missgeschick und den Geschichten anderer.

<u>Die falsche List des Fuchses</u>

In einer modernen Welt lebten ein Esel und ein Fuchs seit langer Zeit freundschaftlich zusammen und unternahmen gemeinsam Jagdausflüge. Eines Tages wurden sie von einem plötzlich auftauchenden Löwen überrascht, und der Fuchs bekam große Angst, dass er nicht entkommen könnte. Er beschloss, eine clevere Taktik anzuwenden. Mit scheinheiliger Freundlichkeit wandte er sich an den Löwen und sprach: "Großmütiger König, ich fürchte mich nicht vor dir! Wenn es dir jedoch gefällt, könnte ich dir mit dem Fleisch meines dummen Gefährten dienen. Du musst es nur befehlen."
Der Löwe versprach dem Fuchs Schonung, und dieser führte den Esel in eine Grube, in der er gefangen wurde. Der Löwe stürmte brüllend auf den Fuchs zu und ergriff ihn mit den Worten: "Der Esel gehört mir sicherlich, aber für deinen Verrat werde ich dich zuerst zerreißen."

Man mag die Tricks von Verrätern nutzen, jedoch liebt man den Verräter selbst nicht, man verachtet sie.

<u>**Esel auf Probe**</u>

Ein Typ kaufte sich einen Esel, aber er wollte ihn erstmal auf Probe haben. Als er mit ihm zu seinem Hof kam, wo schon viele andere Esel gearbeitet und gelebt haben, ließ er den Esel frei herumlaufen. Der Esel ging gleich zu dem faulsten und verfressensten Kumpel und stellte sich zu ihm an die Futterkrippe. Als der Manndas sah, nahm erden Esel am Seil und brachte ihn zurück zum vorherigen Besitzer.

"Du kannst ihn doch noch gar nicht richtig getestet haben", wunderte sich der vorherige Besitzer.

"Mir reicht, was ich gesehen und erlebt habe: Wenn er sich solche Freunde aussucht, dann ist er ein fauler Kerl!"

Achte darauf zu welchen Menschen du dich gesellst, zu schnell bilden sich andere ein Urteil darüber.

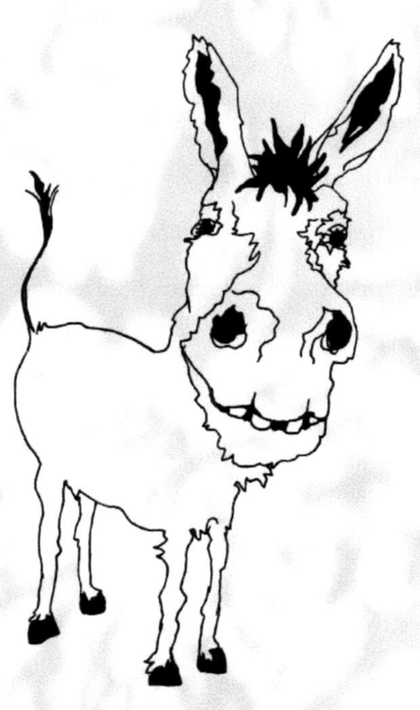

<u>Der Esel und das tapfere Pferd</u>

Es war einmal ein Esel, der sich sehr anstrengte, aber nicht genug Futter

bekam, um seinen Hunger zu stillen. Er trug auch noch eine schwere

Last auf seinem Rücken und konnte kaum vorwärtskommen. Als er ein

wunderschönes, prächtig geschmücktes Pferd sah, dachte er, dass es

bestimmt glücklich sei, weil es so gut und reichlich gefüttert wurde. Der

Esel wünschte sich, mit diesem Pferd tauschen zu können.

Einige Monate später sah der Esel dieses Pferd jedoch müde und

ausgezehrt an einem Karren stehen. Verwirrt fragte er: "Wie konnte das

passieren?" Das Pferd antwortete traurig: "Es war beinahe wie Zauberei.

Eine Kugel traf mich und mein Herr stürzte mit mir. Er verkaufte mich

dann für einen Spottpreis. Jetzt bin ich lahm und kraftlos. Du wirst

mich sicher nicht mehr beneiden und mit mir tauschen wollen."

Das größte Glück kann manchmal in einem Moment zerstört

werden.

Eselsgebrüll

In einer Tiergemeinschaft wollte ein Esel unbedingt seinen Status unter den anderen Tieren verbessern. Er hatte die Idee, den mächtigen Löwen von seiner Furcht einflößenden Wirkung zu überzeugen. Also sprach der Esel zum Löwen: "Komm, lass uns gemeinsam den Gipfel des Berges erklimmen. Dort werde ich dir zeigen, wie viele Tiere Angst vor mir haben." Der Löwe konnte sich ein Lachen nicht verkneifen und antwortete: "Na gut, warum nicht? Lass uns gehen."

Als sie den Berg hinaufstiegen, begann der Esel plötzlich mit einer groben, eselhaften Stimme zu schreien. Diesen Laut vernahmen auch die Füchse und die Hasen, die daraufhin schnellstens das Weite suchten. Der Esel schnaubte zufrieden und sagte: "Hast du gesehen, wie sie alle weggerannt sind?" Daraufhin antwortete lachend der Löwe: "Kein Wunder, dass sie geflohen sind. Sogar ich hätte vor deiner Stimme Angst gehabt, wenn ich nicht wüsste, dass du nur ein Esel bist."

Aufgeblasene und grobe Worte machen noch keine Taten und haben keinen Wert.

Ein übermütiger Traum

In einer fernen Zeit, lebte ein Esel auf dem Bauernhof seines Herrn. Jeden Tag beobachtete er, wie ein kleines, niedliches Hündlein von seinem Herrn geliebkost wurde. Der Herr war ganz vernarrt in das Hundekind und alle im Haus verwöhnten es nach Herzenslust. Dies beobachtend, machte sich der Esel neidische Gedanken: "Wenn mein Herr dieses kleine, dreckige Tier so sehr liebt, wie sehr würde er mich lieben, wenn auch ich ihm schmeicheln würde? Schließlich bin ich edler geboren als der Hund und auch viel nützlicher. Ich sollte den Respekt und die Bewunderung erhalten, die mir zusteht."

Voller Euphorie eilte der Esel in das Haus und drückte seine Freude mit lautem Geschrei aus. Er stellte sich auf seine Hinterbeine, legte seine Vorderfüße auf die Schultern, leckte seinem Menschen das Gesicht um ihm seine Zuneigung zu zeigen. Doch dabei rutschte er ab, beschädigte unabsichtlich die Kleidung und drückte ihn so fest, dass sein Herr um Hilfe rief und die anderen

Bewohner herbeieilten, um ihn zu befreien.

Alle stürzten sich mit Stöcken auf den Esel. Seine Träume von

Anerkennung zerplatzten wie eine Seifenblase. Sie banden ihn mit

Stricken fest, um weiteren Schaden zu vermeiden.

Schätze deine Natur besser ein, bevor du etwas im Vergleich

einforderst.

Zur Autorin:

Eva Graudenz ist eine vielseitige Künstlerin, Illustratorin und Schriftstellerin.

Neben vielen Ausstellungen in ihrer Heimat Deutschland, stellte sie im südeuropäischen Raum ihre Kunst aus.
Sie veröffentlichte Kinderbücher von Hunden und Enten auf deutscher und türkischer Sprache.

Ihre Kunst war schon immer narrativ. Sie begann mit 16 Jahren Lyrik zu schreiben, die sich in ihren Videos und weiteren Kunstwerken spiegelten.

Ein Buch ist für sie ein Gesamtkunstwerk. Ein universelles Werk von Wort und Bild.
Bei ihr kommt alles aus einer Feder.